VENTE

du 1ᵉʳ Avril 1914

HOTEL DROUOT

SALLE Nᵒ 10

A 2 HEURES 1 2

✥

EXPOSITION PUBLIQUE

le 31 Mars 1914

DE 2 HEURES A 6 HEURES

✥

TABLEAUX

Pastels, Dessins et Aquarelles

ANCIENS ET MODERNES

DES

ÉCOLES FRANÇAISE ET ÉTRANGÈRES

Mᵉ CH. DUBOURG

COMMISSAIRE-PRISEUR

M. E. MARTINI

EXPERT

IMPRIMERIE
C. CHAUFOUR
6-8, RUE MILTON
PARIS

CATALOGUE

DES

TABLEAUX

Anciens et Modernes

PASTELS, DESSINS & AQUARELLES

PAR

Boilly, Baron, Bennetter, Champmartin, Charlet, Daumier
Delestre, Deveria, Diaz, Fleury, Guichard, Ten Kate, Kuytenbrouwer
Lambinet, Mettling, W. Maris
Moormans, Piette, Roqueplan, Schenck, Veyrassat, Webb

ET

Aubel, Van Brée, Bosch, Berghem, Casanova, David, Van Hellemont
Prud'hon, Peter Neefs, Gérard
Girodet-Trioson, Le Brun, Teniers, Sauvage, Swebach, etc., etc.

DONT LA VENTE AURA LIEU A PARIS

HOTEL DROUOT — SALLE N° 10

Le Mercredi 1er Avril 1914

à deux heures et demie

COMMISSAIRE-PRISEUR	EXPERT
Mᵉ Ch. DUBOURG	**M. E. MARTINI**
8, Rue d'Alger, 8	11, Rue Fontaine, 11
PARIS	PARIS

EXPOSITION PUBLIQUE

Le Mardi 31 Mars 1914, de deux heures à six heures

CONDITIONS DE LA VENTE

La vente sera faite au comptant.

Les adjudicataires paieront *dix pour cent* en sus des enchères.

L'ordre numérique du catalogue sera rigoureusement suivi.

DÉSIGNATION

TABLEAUX
DESSINS ET AQUARELLES
MODERNES

ALKEN (J.)
ECOLE ANGLAISE

1 — *L'Accident imprévu.*

Signé à gauche.
Toile. Haut. : 0ᵐ32 ; Larg. : 0ᵐ40.

BARON (H.)
ÉCOLE FRANÇAISE

2 — *L'Oiseau favori.*

Une jeune fille, la tête couronnée de roses, retient d'une main
son tablier rempli de fleurs, pendant que sur son bras joue un
oiseau.
Signé à droite.
Toile. Haut. : 0ᵐ62 ; Larg. : 0ᵐ46.

BENNER (E.)
ÉCOLE FRANÇAISE

3 — *Le Martin-pêcheur.*

Signé.
Toile. Haut. : 0ᵐ62 ; Larg. : 1ᵐ00.

BENNER (E.)
ÉCOLE FRANÇAISE

110

4 — *Les Tourterelles*.
Signé.
Toile.   Haut. : 0ᵐ62; Larg. : 0ᵐ50.

BENNETTER (J.-J.)
ÉCOLE NORVÉGIENNE

230

5 — *La Flotte des Croisés*.
Les innombrables nefs s'avancent poussées par une forte brise
Signé et daté.
(*Voir la Reproduction*).
Toile.   Haut. : 1ᵐ; Larg. : 1ᵐ50.

BERAUD (JEAN)
ÉCOLE FRANÇAISE

6 — *Portrait d'un jeune garçon*.
Toile.   Haut. : 0ᵐ38; Larg. : 0ᵐ46.

BLUM (M.)
ÉCOLE FRANÇAISE

7 — *La Missive*.
Signé à gauche.
Panneau.   Haut. : 0ᵐ31 ; Larg. : 0ᵐ25.

BOILLY (L.)

8 — *Études pour ses tableaux : Scènes de Voleurs*.
Deux dessins à la pierre noire.

BRUNEL (J.-B.)
ÉCOLE FRANÇAISE

9 — *Vue générale d'Avignon*.
Aquarelle signée à gauche.
Toile.   Haut. : 0ᵐ30 ; Larg. : 0ᵐ46.

CARPENTIER (E.)
ÉCOLE BELGE

10 — *L'Hospitalité au Couvent*.
Signé des initia'es.
Toile.   Haut. : 0ᵐ26; Larg. : 0ᵐ40.

CHAMPMARTIN
ÉCOLE FRANÇAISE

11 — *Portrait de M. Mennechet.*
Lecteur du roi Charles X.
Signé à gauche.
Toile.   Haut. : 0^m92 ; Larg. : 0^m74.

CHARLET (P.-L.)
ÉCOLE FRANÇAISE

12 — *Près de l'âtre.*
Bois.   Haut. : 0^m25 ; Larg. : 0^m21.

CHARLET (P.-L.)
ÉCOLE FRANÇAISE

13 — *Délassement !*
Signé à gauche.
Bois.   Haut. : 0^m25 ; Larg. : 0^m21.

COUSIN (C.)
ÉCOLE FRANÇAISE

14 — *Vue de Venise.*
Toile.   Haut. : 0^m50 ; Larg. : 0^m65.

COUSIN (C.)
ÉCOLE FRANÇAISE

15 — *Vue de Venise.*
Toile.   Haut. : 0^m50 ; Larg. : 0^m65.

COUTURIER (P.-L.)
ÉCOLE FRANÇAISE

16 — *Faucon attaquant des canards.*
Importante composition.
Signé à gauche.
Toile.   Haut. : 1^m41 ; Larg. : 1^m74.

DAUMIER (H.)
ÉCOLE FRANÇAISE

17 — *Portrait de Louis Blanc.*
Il est représenté tête nue, l'esprit préoccupé par son ardente
politique.
Une ronde de génies anime la demi obscurité.
Signé et daté.
(*Voir la Reproduction*).
Toile.   Haut. : 0^m31 ; Larg. : 0^m25.

DELACROIX (E.)
ÉCOLE FRANÇAISE

18 — *Souvenir d'un Rembrandt.*
Sépia. Signé à droite.

DELESTRE (A.-D.)
ÉCOLE FRANÇAISE

120.

19 — *La Ruse amoureuse.*
Gracieux tableau traité dans le sentiment et le goût du xviiie siècle.
Signé à gauche.
Toile.   Haut. : 0m57 ; Larg. : 0m47.

DEVÉRIA (H.-V.)
ÉCOLE FRANÇAISE

220

20 — *La Promenade dans le parc.*
Signé à gauche.
Bois.   Haut. : 0m38; Larg. : 0m29.

DIAZ (Attribué a N.)
ÉCOLE FRANÇAISE

350.

21 — *Les Bucherons.*
Dans un paysage boisé, à l'ombre d'un chêne, deux bûcherons travaillent; sur la route une femme portant un fagot s'éloigne.
Signé et daté 1852.
(*Voir la Reproduction*).
Toile.   Haut. : 0m46; Larg. : 0m56.

DONNAT-GUILLOT
ÉCOLE FRANÇAISE

22 — *Le Vieux fossé à Epinay-sur-Orge.*
Signé à droite.
Panneau.   Haut.: 0m27; Larg. : 0m41.

DUFRÉNOY (G.-L.)
ÉCOLE FRANÇAISE

215.

23 — *Nature morte.*
Signé à gauche.
Toile.   Haut. : 0m92; Larg. : 0m73.

ÉCOLE ESPAGNOLE

24 — *La Remise de la clef du Toril.*
Toile.   Haut. : 0m49; Larg. : 0m42.

MARIS (WILLEM)

Nº 47

DAUMIER (H.)
N° 17

DIAZ (N.)
N° 21

ÉCOLE FRANÇAISE

25 — *Marine.*

Toile.   Haut. : 0m28; Larg. : 0m37.

ÉCOLE FRANÇAISE

26 — *Paysage animé. Vue des environs de Château-Thierry.*

Toile.   Haut. : 0m28; Larg. : 0m37.

FLEURY-CHENU
ÉCOLE FRANÇAISE

27 — *L'Allée sous la neige.*

Signé à droite.
Toile.   Haut. : 1m01 ; Larg. : 0m73.

FLEURY (L.)
ÉCOLE FRANÇAISE

28 — *Entrée de Village en Touraine.*

Signé à droite.
Panneau.   Haut. : 0m35; Larg. : 0m27.

GARNERAY (H.)
ÉCOLE FRANÇAISE

29 — *Vue d'un port de mer.*

Signé à gauche.
Toile.   Haut. : 0m36; Larg. : 0m50.

GELUWE (Van)
ÉCOLE BELGE

30 — *La Visite à la Nourrice.*

Signé à droite.
Toile.   Haut. : 0m57; Larg. : 0m75.

GILBERT (V.)
ÉCOLE FRANÇAISE

31 — *Le Petit marinier.*

Signé.
Toile.   Haut. : 0m45; Larg. : 0m36.

GUICHARD (J.-A.)
Ecole Française

32 — *Effet de nuit sur un port de mer.*
Signé à gauche et daté.
Toile.   Haut. : 1ᵐ. Larg. : 1ᵐ45.

HAQUETTE (G.)
Ecole Française

33 — *Nature morte. Fleurs.*
Signé et dédicace à droite.
Bois.   Haut. : 0ᵐ23 ; Larg. : 0ᵐ32.

HERVÉ (Ch.)
Ecole Française

34 — *Intérieur de bergerie.*
Toile.   Haut. : 0ᵐ50 ; Larg. : 0ᵐ65.

HURTIMANN (D'après Lory)

35 — *Le Passage de la Wengernalp.*

Maison de paysan dans les environs de Berne.
Deux belles épreuves imprimées en couleurs et rehauts.

INCONNU

36 — *Paysage de Picardie.*
Signé des initiales H. H., 65.
Toile.   Haut. : 0ᵐ55 ; Larg. : 0ᵐ46.

TEN KATE (M.)
Ecole Hollandaise

37 — *Le Dessinateur aux champs.*
Important dessin à la mine de plomb et sépia.
Signé et daté.
(*Voir la Reproduction*).
                                          Haut. : 0ᵐ44 ; Larg. : 0ᵐ57.

KLUYVER (P.-L.-F.)
Ecole Hollandaise

38 — *Paysage animé.*
Signé et daté à gauche.
Bois.   Haut. : 0ᵐ26 ; Larg. : 0ᵐ37.

Veyrassat (J)
N° 69

Webr (J.)
N° 72

KUYTENBROUWER (Martinus le fils)
Ecole Hollandaise

39 — *Episode du Siège de Paris 1871. Combat à Bois-Colombes.*
Action prise sur le vif par Kuytenbrouwer, alors Commandant
de la Légion des Amis de la France et des Eclaireurs de la Garde
Nationale de la Seine.
Signé au centre.
Toile.   Haut. : 0m41; Larg. : 0m67.

LAMBINET (E.)
Ecole Française

40 — *Souvenir de Normandie. Paysage.*
Signé à droite.
                                          Haut. : 0m46; Larg. : 0m33.

LAMBINET (E.)
Ecole Française

41 — *Paysage.*   *100.*
Signé à gauche.
Toile.   Haut. : 0m47; Larg. : 0m38.

LAPIERRE (E.)
Ecole Française

42 — *L'Allée du Château.*   *100.*
Signé et daté 1855.
Collection de S. A. I. la princesse Mathilde.
Toile.   Haut. : 0m74; Larg. : 0m51.

LAVIEILLE (Eug.)
Ecole Française

43 — *Paysage des environs de Paris.*
                                          Haut. : 0m16; Larg. : 0m21.

LELOIR (A.)
Ecole Française

44 — *Portrait du sculpteur Victor Villain exécutant le buste de
Leloir.*
Signé et daté.
Toile.   Haut. : 0m61; Larg. : 0m50.

LEYS (H.)
Ecole Belge

45 — *Les Adieux de Marie Stuart.*
Bois.   Haut. : 0m35; Larg. : 0m29.

LHULLIER (Ch.)
ECOLE FRANÇAISE

46 — *Le Supplice de Tantale!*
Toile. Haut.: 0m93; Larg. : 0m74.

MARIS (Willem)
ECOLE HOLLANDAISE

47 — *Vaches au pâturage.*
Dans une prairie que coupe un fossé, un troupeau est épars. Sur l'une des rives se tiennent deux vaches : l'une rouge vue de face s'abreuve; l'autre vue de profil, blanche et tachée de noir, mugit.
Signé à droite.
(*Voir la Reproduction*).
Bois. Haut.: 0m19; Larg. : 0m23.

MERY (E.)
ECOLE FRANÇAISE

48 — *Les Bécasses au marais.*
Toile. Haut. : 0m46; Larg. : 0m55.

METTLING
ECOLE FRANÇAISE

49 — *Portrait d'homme assis.*
Bois. Haut. : 0m36; Larg. : 0m41.

MICHEL (G.)
ECOLE FRANÇAISE

50 — *Avant l'Orage.*
Paysage d'un très beau caractère.
Toile. Haut. : 0m74; Larg. : 0m93.

MONGINOT (Ch.)

51 — *Singe et fruits.*
Panneau. Haut. : 0m70; Larg. : 0m50.

MOOR (P.-C. de)
ECOLE ALLEMANDE

52 — *L'Enfant au bouquet.*
Signé en haut et à gauche.
Toile. Haut. : 0m67; Larg. : 0m54.

SCHENCK (A.-F.-A.)
N° 62

BENNETTER (J.-J.)
N° 5

Ten Kate
N° 37

Berghem (N.)
N° 76

MOORMANS (Fr.)
Ecole Belge

53 — *La Chanson au dessert.*   *155.*

Dans un intérieur du temps de Louis XIII, une nombreuse société est réunie. Au dessert une jeune personne chante en s'accompagnant d'une mandole.
Signé à droite.
Bois.   Haut. : 0ᵐ37 ; Larg. : 0ᵐ47.

PIETTE
Ecole Française

54 — *La Batteuse.*   *210.*

Gouache signée.
(*Voir la Reproduction*).
                                Haut. : 0ᵐ23 ; Larg. : 0ᵐ32.

PIETTE
Ecole Française

55 — *La Rue Lepic.*   *520..*

Aquarelle gouachée.
Signée et datée : 10 février 1868.
(*Voir la Reproduction*).
                                Haut. : 0ᵐ24 ; Larg.: 0ᵐ25.

RIBOT (Th.)
Ecole Française

56 — *Petites études de têtes.*

Plume et lavis.

ROQUEPLAN (C.)
Ecole Française

57 — *.L'Aimable Compagnie.*   *155..*

Signé des initiales.
Cachet de vente au verso.
Bois.   Haut. : 0ᵐ65 ; Larg. : 0ᵐ52.

ROQUELAN (C.)
Ecole Française

58 — *Une partie de canot en Hollande.*   *140..*

Toile.   Haut. : 0ᵐ50 ; Larg.. 0ᵐ68.

SAFFREY (H.)
Ecole Française

59 — *Le Hâvre. Vue des Quais et du Musée.*

Signé à droite.
Aquarelle.   Haut. : 0ᵐ46 ; Larg. : 0ᵐ69.

SAINTIN (Henri)
Ecole Française

60 — *Vallon de Charlemagne, Forêt de Fontainebleau.*
Signé à droite.
Toile.   Haut. : 0^m27 ; Larg. : 0^m40.

SAUERFELT (L.)
Ecole Française

61 — *Marché en Normandie.*
Signé à gauche.
Toile.   Haut. : 0^m48 ; Larg. : 0^m35.

SCHENCK (A.-F.-A.)
Ecole Française

62 — *Le Troupeau surpris par la neige.*
Signé.
(*Voir la Reproduction.*)
                                              Haut. : 0^m51 ; Larg. : 0^m90.

SCHENCK (A.-F.-A.)
Ecole Française

63 — *Les Chèvres en montagne.*
Signé à gauche.
Toile.   Haut. : 0^m49 ; Larg. : 0^m79.

STAATS (G.)
Ecole Allemande

64 — *L'Automne (Sous bois.)*
Signé à gauche.
Toile.   Haut. : 0^m51 ; Larg. : 0^m70.

TOMSONN (J.)
Ecole Anglaise

65 — *Marine. Vue d'un port en Orient.*
Signé à droite.
Toile.   Haut. : 0^m35 ; Larg. : 0^m65.

VERBOECKHOVEN (Attribué à E.-J.)
Ecole Belge

66 — *Chèvres et moutons.*
Toile.   Haut. : 0^m26 ; Larg. : 0^m33.

PIETTE
N° 55

PIETTE
N° 54

VERNET (K.)
ECOLE FRANÇAISE

6 7 — *La Partie de cartes.*

Signé à droite.
Toile.   Haut. : o^m29; Larg. : o^m38.

VERNET (Attribué à H.)
ECOLE FRANÇAISE

68 — *La Soumission d'Abd-el-Kader.*

Sépia.   Haut. : o^m24; Larg. : o^m39.

VEYRASSAT (J.)
ECOLE FRANÇAISE

69 — *Le Gourbi.*

Dans l'immense désert où se dresse une tente, deux Arabes s'entretiennent.

Dessin gouaché. Signé des initiales.

(*Voir la Reproduction.*)

Haut.: o^m32; Larg. : o^m49.

VINCENT (L.-A.)
ECOLE FRANÇAISE

70 — *Portrait de jeune femme.*

Dessin à la mine de plomb. Signé et daté 1837.

Haut. : o^m45; Larg. : o^m35.

WYLD (W.)
ECOLE ANGLAISE

71 — *Vue des environs de la place Saint-Marc à Venise.*

Signé à gauche.
Toile.   Haut. : o^m30; Larg. : o^m43.

WEBB (J.)
ECOLE ANGLAISE XIXe SIÈCLE

72 — *La Moisson.*

(*Voir la Reproduction.*)

Signé à droite.

Haut.: o^m33; Larg. : o^m63.

TABLEAUX

DESSINS — PASTELS

ANCIENS

73 — *Rosine.*
Gravure imprimée en couleurs.

Haut. 0ᵐ28; Larg. : 0ᵐ19.

AUBEL (K.-C.)
ECOLE ALLEMANDE 1796-1882

74 — *Portrait de jeune fille.*
Signé à droite : AUBEL. px.
Toile.

Haut.: 0ᵐ61; Larg. : 0ᵐ50.

BERGHEM (N.)
ÉCOLE HOLLANDAISE 1620-1683

75 — *Le Passage du ruisseau.*
Important dessin au lavis.
(Voir la Reproduction.)

Haut.: 0ᵐ37; Larg. : 0ᵐ50.

BERGHEM (Attribué à N.)
ECOLE HOLLANDAISE

76 — *Paysage animé de figures et d'animaux.*

Haut. : 0ᵐ48; Larg. : 0ᵐ64.

BRÉE (M.-J. VAN)
ECOLE FLAMANDE 1773-1839

77 — *Entrée triomphale de Napoléon Iᵉʳ à Amsterdam.*
Esquisse.
(Voir la Reproduction.)
Toile.

Haut. : 0ᵐ85; Larg. : 0ᵐ71.

BOSCH (Attribué à JEROME)
ECOLE HOLLANDAISE 1450-1516

78 — *Allégorie sur la bonne chère.*
Provient de la Collection H. BEISSEL d'Aix-la-Chapelle.
Bois.

Haut.: 0ᵐ26; Larg. : 0ᵐ35.

Nᵒ 84

Girodet Trioson
Nᵒ 101

David (L.)
Nᵒ 82

Van Brée
Nᵒ 77

CASANOVA (F.-J.)
ECOLE ITALIENNE 1727-1802

79 — *Le Troupeau au repos.*
>A l'abri d'un rocher, vache, chèvre et moutons ruminent pen-
dant que le berger retient son chien qui gronde.
>Toile.   Haut. : o^m56; Larg. : o^m70

CHAPONNIER

80 — *La Comparaison des petits pieds.*
>D'après BOILLY. Epreuve en noir.

CHAPONNIER

81 — *La Danse de village.*
>Gravure en couleurs d'après J.-K. SHERVIN. Très belle épreuve.

DAVID (Ecole de Louis)

82 — *Portrait de jeune femme en buste, robe blanche et manteau
de couleur violacée.*
>(*Voir la Reproduction.*)
>Bois.   Haut. : o^m51; Larg. : o^m39.

ECOLE ANGLAISE

83 — *Portrait de jeune fille coiffée d'un turban.*
>Panneau.   Haut. : o^m52; Larg. : o^m44.

ECOLE FRANÇAISE XVIIIe SIÈCLE

84 — *Portrait de jeune femme.*
>Légèrement tournée vers la gauche, le visage éclairé d'un sou-
rire, elle est vêtue d'un corsage rouge largement décolleté.
>(*Voir la Reproduction*).
>Pastel ovale.   Haut. : o^m46; Larg. : o^m37

ECOLE FRANÇAISE XVIIIe SIÈCLE

85 — *Jeune femme en buste, au corsage brodé d'or et de pierre-
ries, que recouvre un manteau bordé de fourrures.*
>Toile ovale.   Haut. : o^m44; Larg. : o^m34.

ECOLE FRANÇAISE XVIIIe SIÈCLE

86 — *Jeune femme en buste, au corsage bleu pâle bordé de dentelles
et brodé d'or.*
>Toile ovale.   Haut. : o^m41; Larg. : o^m33.

ECOLE FRANÇAISE XVIIIe SIÈCLE

87 — *Portrait de jeune fille coiffée d'un chapeau noir.*

Pastel.   Haut.: 0ᵐ40; Larg.: 0ᵐ32.

ECOLE FRANÇAISE

88 — *Portrait présumé de Target.*

Toile ovale.   Haut.: 0ᵐ23; Larg.: 0ᵐ18.

ECOLE FRANÇAISE XVIIIe SIÈCLE

8) — *La Conversation surprise.*

Important vernis Martin sur fond doré.

Haut.: 0ᵐ60; Larg.: 0ᵐ52.

ECOLE FRANÇAISE XVIIIe SIÈCLE

90 — *Le Berger couronné.*

Toile.   Haut.: 1ᵐ02; Larg.: 1ᵐ22.

ECOLE FRANÇAISE XVIIIe SIÈCLE

91 — *Route animée de personnages.*

Toile.   Haut.: 0ᵐ21; Larg.: 0ᵐ34.

ÉCOLE FLAMANDE

92 — *Le Carnaval.*

Panneau.   Haut.: 0ᵐ25; Larg.: 0ᵐ22

ÉCOLE HOLLANDAISE XVIIe SIÈCLE

93 — *Portrait d'homme.*

Toile.   Haut.: 0ᵐ81; Larg.: 0ᵐ64.

ÉCOLE HOLLANDAISE XVIIe SIECLE

94 — *Les Jardiniers.*

Toile.   Haut.: 0ᵐ35; Larg.: 0ᵐ30.

ÉCOLE HOLLANDAISE

95 — *Paysage animé de personnages et animaux.*

Toile.   Haut.: 0ᵐ46; Larg.: 0ᵐ62.

ÉCOLE HOLLANDAISE

96 — *Paysage animé.*
    Panneau.   Haut.: 0^m26; Larg. : 0^m35.

ÉCOLE ITALIENNE XVIIe SIECLE

97 — *Nature morte de fruits.*
    Toile.   Haut. : 0^m61; Larg. : 0^m74.

ÉCOLE ITALIENNE XVIIe SIECLE

98 — *Vue d'un port de mer.*
    Bois.   Haut.: 0^m33 ; Larg.: 0^m46.

GÉRARD (Marguerite)
École Française 1761-1837

99 — *Jeune fille en buste.*
    Cadre bois sculpté.
    Bois.   Haut. : 0^m19; Larg. : 0^m15.

GÉRARD (Marguerite)
École Française

100 — *Jeune fille en buste, coiffée et vêtue de blanc.*
    Bois.   Haut. : 0^m24; Larg. : 0^m19.

GIRODET-TRIOSON (A.-L.)
École Française 1767-1824

101 — *Jeune femme vêtue de rouge.*
    (*Voir la Reproduction*).
    Toile.   Haut. : 0^m33; Larg. : 0^m25.

GRIMALDI (Attribué à G.-F.)
École Italienne

102 — *L'Oiseleur.*
    Toile.   Haut. : 0^m40; Larg. : 0^m31.

HEEM (Attribué à David de)

103 — *Nature morte: Fleurs et vase.*
    Bois.   Haut. : 0^m45 ; Larg.: 0^m34.

HELLEMONT (M. Van)
École Hollandaise 1623-1674

104 — *L'Accueillante auberge.*

Toile.   Haut. : 0ᵐ47; Larg. : 0ᵐ60.

HONDT (David de)
École Flamande XVIIᵉ siècle

105 — *Nécessité n'a pas de loi.*

Signé du monogramme.
Bois.   Haut. : 0ᵐ14; Larg. : 0ᵐ11.

JEAURAT (Attribué à E.)
École Française 1699-1789

106 — *L'Ecolier.*

Bois.   Haut. : 0ᵐ17; Larg. : 0ᵐ12.

LAMBRECHTS (J.-B.)
École Flamande 1680-1731

107 — *La Cuisinière.*

Bois.   Haut. : 0ᵐ25 ; Larg. : 0ᵐ20.

LE BRUN
École Française

108 — *Portrait de femme.*

Signé et daté à droite.
Pastel.   Haut. : 0ᵐ53; Larg. : 0ᵐ42.

LESUEUR (Attribué à E.)
École Française

109 — *Tête de Christ.*

Toile.   Haut. : 0ᵐ46; Larg. 0ᵐ36.

NEEFS (Peter)
École Flamande 1578-1657

110 — *Intérieur d'église.*

Bois.   Haut. : 0ᵐ40; Larg.: 0ᵐ60.

PIERRE (Attribué à)
ECOLE FRANÇAISE XVIIIe SIÈCLE

111 — *Bacchanale.*
    Toile.   Haut.: 0m34 ; Larg. : 0m24.

PRUD'HON (Ecole de)

112 — *Les Enfants au bain.*
    Toile.   Haut. : 0m54 ; Larg. : 0m64.

SAUVAGE (Attribué à FIAT-JOSEPH)

113 — *Jeux d'Amours.*
    Peinture en grisaille.
    Toile.   Haut. : 1m ; Larg. : 1m05.

SWEBACH-DESFONTAINE
1769-1823

114 — *Bataille de Castel-Nuovo, en Albanie.*
    Signé à gauche.
    Toile.   Haut.: 0m61 ; Larg.: 0m81.

SWEBACH-DESFONTAINE
ECOLE FRANÇAISE 1769-1823

115 — *La Pêche à l'épervier.*
    Signé à |droite.
    Bois.   Haut. 0m37 ; Larg. : 0m65.

TENIERS (Attribué à DAVID, dit LE JEUNE)
ECOLE FLAMANDE

116 — *Portrait d'homme assis.*
    Signé à gauche.
    Bois.   Haut.: 0m27 ; Larg.: 0m31.

TENIERS (DAVID, dit LE JEUNE)
ECOLE FLAMANDE 1610-1690

117 — *Paysage avec figures et animaux.*
    Signé à droite.
    Toile.   Haut. : 0m31 ; Larg. : 0m41.

VANDERBURCK
Ecole Française

118 — *Le Chevrier.*
Signé.
Toile   Haut. : 0ᵐ40; Larg. : 0ᵐ54.

VAN DER NEER (Genre de)

119 — *Effet de nuit.*
Bois.   Haut. : 0ᵐ18; Larg. : 0 24

WATTEAU (L.-J., dit WATTEAU DE LILLE)
Ecole Française

120 — *Chez l'Ermite!*
Composition tirée d'une fable de La Fontaine.
Toile.   Haut.: 0ᵐ41 ; Larg.: 0ᵐ53.